文芸社セレクション

星のミュージック

平野 亮子
ひらの りょうこ

文芸社

目次

星のミュージック

虎炯炯

いずれ彼女も死んでゆく
虎　炯炯
虎の青い目
炯炯
虎　炯炯
肩の筋肉で
ゆっくりと歩く
猫のような機敏さで
ゆっくりと歩く
スキもなく
緑の森に

虎　炯炯
虎の機敏さで
虎　炯炯
ウサギやメジカが
ガブリとやられて
血を流す
バイカル潮のほとり
ツンドラ
永遠につづく森
蒼い月
遠い過去のある詩
光るみずうみ
百万光年の昔
虎　炯炯

金襴緞子(きんらんどんす)の花嫁御寮(ごりょう)

羽布団(ぶとん)にねむる
金襴緞子(きんらんどんす)の花嫁御寮(ごりょう)は昏昏とねむる
誇(ほ)こらかにねむる
金襴緞子(きんらんどんす)の花嫁御寮(ごりょう)は昏昏とねむる
赤い羽つけて
金襴緞子(きんらんどんす)に着かざって
今日もほこらかにねむる
金襴緞子(きんらんどんす)の花嫁御寮(ごりょう)
今日もねむる花嫁御寮(ごりょう)
まだ乳のみ児の花嫁御寮(ごりょう)
花やかにねむる

パピプ

ミケランジェロのパピプのパピアのアミムのパピプのミケランジェロのパピプのパピプのパピプのレオナルド

金肌（きん）の肌（はだ）えのゴールデンドリーム

金肌（きん）の肌（はだ）えのゴールデンドリーム
チキンパイが出来ましたよ
お子様たち
どうぞ～～　わぁ、おいしそう
子供たちがねしずまったら
金肌（きん）の肌（はだ）えのゴールデンドリーム
二つならんだ
ローズの花したリボンマクラ

すべての者に勝てる者

勝利者よ
我をこえる者よ
我をこえてゆけ
累累として
我をこえてゆけ
我をこえる者よ
勇者よ
あなたは
我の前には
誰もすわらせない
と言っていた人

我をこえる者よ
累累として死んでゆけ
我をこえてゆけ
勝利者よ

エバンジュリンの恋の詩(うた)

エバンジュリンの花の詩(うた)
エバンジュリンの花束
エバンジュリンに捧ぐ詩(うた)
遠くで呼んでいる声がする
おいでおいでととどろく声で
呼んでいる声がする
小さなもみじのお手々で
ひっころげてはおいすがる
三十億光年のかなたから来た
二十(はたち)の人
エバンジュリンの恋の詩(うた)

エバンジュリンが
首のない木馬にのる

王冠

我がかぶりし王冠は
初のかぶりし王冠は
初のかぶりし王冠の
ななえにおりし
ななのかまどの王冠の
初にもらえし王冠の
真珠にもらひし王冠の
今日ももらえし
白魚の指にさしたる
ダイヤモンドのゆらめき
今日も目にゆらぐ

あなたにすべてささぐ
私の生命(せい)は
涙流す
白魚の指にさしたる
我が王冠の

オードリー・ヘップバーンより美しい人へ

あなたのくれた
銀の指わ
白魚よりも美しい指に
陽がてる日にも
てらない日にも
あなたがそばに
あなたがいっしょに
どんな雨の日でも
あなたといっしょ
最後の日が来ても
オードリーヘップバーンよりも

美しい人へと
あでやかに刻印してある
金の指に

バームクーヘン

太古からの
いちょうの木の下で
ソッとおやつを
ひもといてみたら
おやつはバームクーヘン
樹木のバームクーヘン
バームクーヘンは
樹木の年りんの歌
やさしいバームクーヘンを
つくってくれたのは
やさしいお母さん

ブナの木
イチイの木
スズカケの木
バオバブの木

無題

ティトウスが
去っていく朝に
レンブラントは生まれました
だからあんなにも
愛があでやかです
だからあんなにも
愛がいびつです
レンブラントとサスキアとの間には
愛が本当にありましたか？
それにしては
あまりにも

偉大な絵

レンブラントと
ヘンドリッキエとの間には
本当の愛がありました
涙流してかいた絵は
あまりにも不滅です

ヨーロッピアンラプソディー

我が道を行く
我が道を行く
のぼってもくだっても
ふとくてもみじかくても
我が道を行く
あなたと供に
私の句はヨーロッピアンラプソディー
私とあなたが
かなでる句は
ヨーロッピアンラプソディー

凍れる音楽

Ｏｈ　ｍｙ　ｌｏｖｅ、釈尊
Ｏｈ　ｍｙ　ｌｏｖｅ、翼あるもの
Ｏｈ　ｍｙ　ｌｏｖｅ、Ｊｈｏｎに捧ぐ詩
Ｏｈ　ｍｙ　ｌｏｖｅ、月の満ち欠けくらう人
Ｏｈ　ｍｙ　ｌｏｖｅ、ガンガ河
釈尊がお悟りを開かれたの地
Ｏｈ　君（主君）はいいきみ
Ｏｈ　ｍｙ　ｌｏｖｅ、君は虹を見たか

星のミュージック

生れては死にゆく人たちの物語
大宇宙の物語―星のミュージック
幾千の恋人たちの爆発が
戦があった
沈黙の春
春も詩(うた)わない
もの言わぬ石碑(せきひ)
無言歌
行く雲
小鳥たちも
もう春を歌わない

渚にて

お母さん

あぁ　大好きなお母さん
大好きなお母さん
私のお母さん
私のお母さん
いっしょに日々をくらして
いっしょにのんで
いっしょに食べて
乳のみ児だったころから
熱愛したお母さん
お母さんの歌がきこえてくる
お母さんの歌声がきこえてくる

愛としきあなた
いとしきあなた

夫婦は三世

夫婦は三世
親子は二世
と言うように
未来永劫
何回生まれかわっても
同じ人と
親子となり
夫婦となるのです
なんとすばらしい
生老病死ではありませんか

さぶろうてか

墓地さぶろうてか
墓の中に
若い女がすわっている
花さぶろうてか
墓にまきつく花のように
風さぶろうてか
花さぶろうてか
墓さぶろうてか
きっと小さな風が
吹いていく
きっと風さぶろうてか

見捨てたかのように
風が泣いてゆく

あなたのために

あなたのために
髪をすき
あなたのために
よそおって
あなたのために
ハギを洗う

水がめ座は
強（つ）よ光る
天びん座は
常等手腕（じょうとうしゅわん）

ずいぶん
昔からでも
古いせせらぎが
あったんだね
それが川になって
古い彫刻にも
残っている

歩む

あなたと供に
歩むのは
この記念碑のような
木々の葉づたい
ほこらかに詩(うた)う詩
〝今日から〟という
ほこらかな言葉
あなたと供に歩もう
ほこらかに詩(うた)われた旅立ちの詩(うた)
秋の日の旅立ち
旅立ちの詩(うた)

出会い

いつも出会いは
こうだった
あの雲をつかまえたいと
あいつが言った
愛する人が
みがくクツには
星がうつる
真空にあとかく
あおい空を見るより
美しい
吟ずるよりも

寒し

生々流転

お母さんの胎内に
帰りたい
そこはトソツ天
ミロク浄土のトソツ天
〝帰らなくては〟と
思いながら
歩く後半生
お母さんの
胎内に帰りたい

初転法輪は

鹿野苑(ロクヤオン)のシャカムニ如来
シャカムニ如来
初めて教え説きたまいしは
シカたちに
後にネンゲミショウ
如来が花をねんじて
笑いしは
十大弟子に
雷のような沈黙
生々流転(セイセイルテン)
人はみな心の内に
一冊の仏伝を持っている

青春

アネットは
全世界に向って
永遠に
ジャコメッティの
手によって
光り輝きわたりつづける

花

満開の花
百乱千乱（ひゃくらんせんらん）の花
立って来たりせば
千乱の花
そっと来たりせば
千乱の花
そっと行かりせば
百乱の花
花、花、花
千乱の花

無題

死にゆく人たちに
ささぐ鎮魂歌
人間とは悲しいもの
死なぬ人は
いなぬ人
老醜とは
あまりな逆境
目前に広がるのは
老いと死のみ
それと戦う人たち
やぶれた人々

涙(なみだ)流して
死に体と心を
たくす人
タンポポの中の宇宙は
一移に数億光年の
速さで遠ざかってゆく
この宇宙の大ロマン
死にゆく人たちも
生まれてくる人たちも
タンポポの中の
大宇宙

無題

オディロン・ルドンは
はためかして白いはず
オディロン・ルドンを
白いと思わぬ人は
いないはず
貝のカラから生まれ出る悩みは
いかしれず
オディロン・ルドンの
解説書つき
〝芸術家と楽観性〟
朝から想っていた

白き夢みる人
オディロン・ルドンが
白く見える日に

あなただけ

あなただけがすばらしい男（ひと）
あなただけに
ささげます
――「あなたに捧ぐ」の序文
世界で一番すばらしい男をかいた文
あなたに捧ぐ詩
献身、この愛の詩集
あなたのケンシン
私のケンシン
母のケンシン……。
彼は心に

しみとおるような
目をしていた
あなたの心は
どこにあるの?
つかめない
つかめない

ブラックホール

花から生まれて蝶となれ
野の花つんで
蝶となれ
あなたに咲いた
花となれ
蝶となれ
一輪の花
つむとひとしずく
一輪の花
高原の花のように
気高く咲く

一輪ほどの
したたかさ
土の香りのする
宇宙の花やどすように
小さくやどしている
かわいく咲いている
ブラックホールから
咲きいでるように
小さな花
花と蝶
私の花
あなたに一輪
花となれ
蝶となれ
あなたにあげる

メロンパン2割

旅立ちの朝
タバコ・マリア
薄いミミズクの
ズキンを
かぶった子が
ちょいといて
ミミズク3割
ウォッカ2割
メロンパン2割
Xイコール027
記憶(きおく)とは花でできている

乱調の美
目をさませと
呼ぶ声がする

イエス様

イエス様は無クで
いらっしゃいました
イエス様は何にも
染められていらっしゃれてなかったのです
イエス様はあまりにも
浄らかでらっしゃったから
後（のち）の者も浄らかでした

冬の星座

プラネタリュウムで見た
星のミュージック
朝日が
目にとび込んできた
今日　冬になる
冬がきたら
鬼に金ぼう
ま北の空より冬が来たる
遠い銀河が
夜空に横たわる
冬の星座は

リンゴン　リンゴン
遠い銀河系から
きた動物
ピラミッドの親たち
遠い銀河系
この銀河

詩をつくろう

歌をつくろう
一首、又一首
千八首も詩ができたら
一つまみも
つまもう
潮のスープ
スープにシュロを
うかべて
一回あおいだら
もう　おしまいだ
白雪まいとぶ中で

パイプをうすうりながら
もう一首
ねじろう
舞いとぶ
雪の詩
北欧の物語だ
たったひとつの物語だ

カーマ・スートラとマハトマ・ガンジーの愛の行くへはいかに

デコレーションケーキに
ろうそくをぶったてて
吹き消そう
総立ちで拍手する
ワァーワァー言って
泣くほど
かわいそう
あなたの愛は
あなたの恋は
つばさあるもの
明日に向って

羽ばたく
今日は黒い森
記念碑

古い微笑で

夕方には陽が
朱にしずむ
教会のある
古い町に
ラ・カンパネルラの
ひびく町に
陽がしずむ
私が考えているのは
あなたのことばかりなのに
私のウデの中から
のがれて

とんでいって
しまいそう
私とあなたは
そっと手をにぎり合う
墓の中で
いつまでも
一しょにいようと
ちかいあって
一ぺんの詩が
できる
気高い朝に
あなたは
いつも笑う
古い微笑で

かけのぼる

私の青春に吹いてきた
一迅（いちじん）の風
フがぬけおちている
魂は丸くて
コロコロしている
武士道とは
死ぬことと
みつけたり
魂（たましい）という言葉は
日本語にのみある
でんでん虫よ

かけのぼれ
読みかけの詩集
命長きを恋ねがう
亢龍（こうりゅう）くいあり
月は満月を忌（い）む
やぎゅうの里

かわいい　かわいい　あなたと言って

かわいい
かわいい
あなた
と言って
そうしたら
あなたの
愛し方が分かるから
〃オレの前には
誰もすわらせない〃
とあなたが言った
あの池の

夕ぐれ風景が
いつか
私の色となり
形となるだろう
ニノ・ロータの森に
光る金星
夕ばえの落ちる黒い森
まっ白な夕ぐれ
路ぼうの石が
一つころがって
運命が
変わることがある

立つ鳥

立つ鳥
友よ
ともにペンを
とり会った日々よ
すべてを受けとめて
あげよう
もったいないのは
青春だ
昔見なれた世界が
我がうちに
かえってくる

巨星おつ
風が声上げ
泣きすさぶ

エバンジュリン

五人の人に
恋してる
首のない木馬に
またがっている子
エバンジュリン
愛でできているスープ
木馬座の方(ほう)に
誇かに
うたううた
おぉ　おまえ　きけ
この愛の歌声を

きけ
ツバサあるもの
スカーレットレーキ
の嵐
カリョウビンガの
鳥の声
詩とはあてどもなく
かかれしもの
恋の手紙
あなたの足もとに
花がさく

ロシアのみどり

小人（こびと）がすべるすべり台のような
新緑の葉々
そなたはあなた
そなたはそなた
あなたはあなた
天上縊死
月に吠える
私は花です
〝芸術家と幼児性〟
これもあなたのピンナップ
百日草に生まれた人

真珠の乱
ふと生きていくのが
いやになるような朝に
そなたの優しさが
心うれしい

バルコンと分水嶺

君には分かっているはず
心が内部からの糸で
ひっぱられるかのように
ピクリとする
想い出多いはず
モネのバルコン
マリー・ローランサンのバルコン
ゴヤのバルコン
ゴヤに始まって
マリー・ローランサンに至る
無数のバルコンの絵

私のバルコン
勝て勝て
私のバルコン
ここでとどめます

タンポポの宇宙

酷似した花
タンポポの宇宙
小人(こびと)たちが遊んでいる花園
今日も空を
とんでゆく
ブローシャの森が
さめてみたら
あなたなしには
生きられない
弱い人間なのに
誇らしげな——

私はマスカット
鳥か？
春は来ぬ
そうら、春だ!!
オーバー着たりぬいだりで
春は来し
瞬間がすぎていく
瞬間の表情

あの人は

あの人は
幸せだった
人生もってる人だから
ふりかえって見れるのは
老人の特権だから
川が流れるように
時がサラサラと流れ去る
自分の人生をふり返って
見れるのは
老人の特権だから
不幸だった人も

幸せだった人も
涙流してふり返る人も
笑ってふり返れる人も
美しかった人も
美しくなかった人も

初々しい人に

いつまでも
この幸せが――
彼女がいってしまう
その前の夜の
晩のそのまえの夜まで
エバンジュリンに
捧ぐうた
エバンジュリンが
首のない
木馬にのって
歩む時

足もとに
スカーレットレイキの
嵐がまきおこる
ソナタ　ソナタ
ソナタ　私のソナタ
冷い潮に
石をボチャンと
投げ入れたら
氷のワッカが
広がってゆく
お墓は
ひっそりとしている
戦い終ってからの
まっ白な空の下だ

山スキー

若者のおろかさは
成就する
分水嶺（ぶんすいれい）
山の奥から
音がする
落石
雪なだれ
猿楽堂（さるがくどう）
金平堂（こんぺいどう）
山をへめぐりて
波をへめぐりて

ヘルマン・ヘッセの
山スキー
空前絶語（くうぜんぜつご）の
風鈴絶語（ふうりんぜつご）
渡月橋のらんかんに
もたれて
今日も十五才いずこ
そなたの心の美しさは
神のよう
山ぼろし
ながもち持って
旅に出よう

著者プロフィール

平野 亮子（ひらの りょうこ）

1959年、東京都生まれ
東京都在住
2020年10月、「花のように」（詩集）を文芸社から出版

星のミュージック

2021年10月15日　初版第1刷発行

著　者　平野 亮子
発行者　瓜谷 綱延
発行所　株式会社文芸社
〒160-0022　東京都新宿区新宿1－10－1
電話　03-5369-3060（代表）
03-5369-2299（販売）

印　刷　株式会社文芸社
製本所　株式会社MOTOMURA

ISBN978-4-286-22922-5